미안해,
엄마 아빠도
몰랐어

미안해,
엄마 아빠도 몰랐어

초판 1쇄 발행·2015년 6월 1일
초판 6쇄 발행·2015년 7월 22일

지은이·엄도경
펴낸이·이종문(李從聞)
펴낸곳·국일미디어

등록·제406-2005-000025호
주소·경기도 파주시 광인사길 121 파주출판문화정보산업단지(문발동)
영업부·Tel 031)955-6050 | Fax 031)955-6051
편집부·Tel 031)955-6070 | Fax 031)955-6071

평생전화번호·0502-237-9101~3

홈페이지 : www.ekugil.com(한글인터넷주소·국일미디어, 국일출판사)
E-mail : kugil@ekugil.com

값은 표지 뒷면에 표기되어 있습니다.
잘못된 책은 바꾸어 드립니다.

ISBN 978-89-7425-619-7 (03810)

미안해,
엄마 아빠도 몰랐어

엄도경 지음

국일미디어

인생이란 동그랗게
올라가는 여행

 어린 시절 즐겁게 배웠던 도형과 셈법이 있을 거야.

네모, 세모, 동그라미.
더하기, 곱하기, 빼기, 나누기.

이 간단한 일곱 기호에
삶의 기쁨과 슬픔이 들어 있단 걸 너는 알고 있니?
이제, 엄마는 너와 함께 그 의미를 찾아 여행길에 오를 거야.
삶이라는 여행.
물론, 모든 여정은 위로 올라가는 것이지만 가다 보면 다시 돌아가
야 할 때도 있고, 한없이 아래로 떨어질 때도 있단다. 그래서 '엄마,

이제 그만 하자'라고 말하고 싶을 때도 있을 거야.
하지만 삶이란 멈추고 싶다고 해서 멈출 수 있는 게 아니란다.

여행을 포기하고 싶은 순간, 그 순간을 참고 나아갈 때,

너는 위로 올라가게 될 거야.
일곱 기호로 빛나는 무지개 꿈이 펼쳐질 거야.

그게 바로 삶이라는 여행이란다.

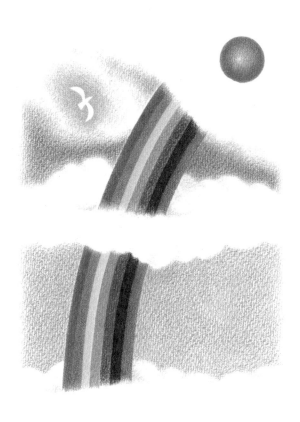

너는 위로
올라가게 될 거야.
일곱 기호로 빛나는
무지개 꿈이
펼쳐질 거야.

Contents

프롤로그 - 인생이란 동그랗게 올라가는 여행

앞으로 가기 위한
첫 번째 이야기
쇼핑카트처럼 떠밀어서 미안해

경고 아닌 경고 엄마 말 잘 들어야 착한 아이지   16

욕망 입히기 큰 사람이 되어라   20

성장중독신드롬 좀 더, 좀 더, 좀 더   22

승리의 전리품? 돈이 되는 걸 하란 말이야   25

카스트 제도 사람 위에 사람 있는 거야   28

끼리끼리 우리끼리   30

붕괴의 시초 빨리 가, 빨리   32

쉼 없는 노동과 소비 열다섯 번째 가축을 기른 건 아닐까?   34

점점 약해지는 연결고리   36

참 좋은 특권 의식   38

부정적인 사고 세상은 불공평한 거야   42

염치는 버리고 눈치는 늘고   45

위로 올라가기 위한
두 번째 이야기
'자기다움'이라는 날개를 달고

너에게 물어보렴 나는 누구일까? 50

아름다운 기호 네모, 세모, 동그라미, 더하기, 곱하기, 빼기, 나누기 54

어디로 가고 있니? 나침반이 도리질하는 이유 58

수성, 금성, 화성… 그리고 인성 사람이라는 별 61

'그럼에도'라는 에너지 물론 인생은 어려운 거야 64

웰메이드 인생 넌 잘 살고 있니? 66

너의 스펙은 인성이란다 '인성 인재'가 절실한 세상에서 70

행복은 어떤 모양일까? 행복이 오는 순서 72

인생이라는 실험무대 그 누구도 아닌 바로 너 74

네모에 새겨야 할 것 나누기 78

배짱 두둑이 짱이 되길 80

곱하기의 기적 선사하는 삶 82

함께하기 위한
세 번째 이야기
'같이'의 가치를 이루어가는 길

너의 아름다움 중 한 가지 여백의 미 88

어제의 너는 곧 역사 우리가 공진화해야 하는 이유 90

공동체라는 우리 집 창문 열고 문 열고 92

잠시 멈춤, 손들고 질문하기 "왜?"라고 물어봐 96

네가 가는 길이 곧 우리의 길이 되려면 나라는 별의 중심 99

심장을 뛰게 하는 일 그 일이 곧 네가 되려면 102

오밀조밀하게 둘러가는 사람 테 푸르고 깊은 소나무처럼 105

나로부터 시작되는 것 마음을 쓰는 태도 108

네가 떠난 자리에 남아야 할 게 있다면 정신문화의 씨앗 110

반짝반짝 사람과 사람 사이에 있어야 할 것 112

오순도순 정답게 이야기꽃을 피워 115

그것으로 충분해 가장 따뜻한 기억 118

별을 경영하기 위한
네 번째 이야기
가치 지혜 관계 감성 소통 창조

'나'라는 별을 잘 지으려면 너를 경영해봐   122

가치와 엘리베이터 안전 운전 도우미   126

지혜와 신소재 지식이 아닌 지혜   128

관계와 순환 시스템 나와 너 그리고 나와 나   130

감성과 협업 넓고 깊게   134

소통과 인대 진정한 소통이란   136

창조와 이정표 안정성과 창조성   139

성공보다는 완성으로 나비의 비상   142

수레바퀴는 돌고 돌아 동그란 인생의 원리   144

수직선 삶의 기준선   146

균형 잡기 한쪽으로 기울어지지 않길   150

세 마리의 나비 몸에 새겨져 있듯이   153

너에게 들려주는
다섯 번째 이야기

엄마의 꿈

엄마의 고백 처음 살아본 인생 158

고요하게 주파수를 낮추고 내 안의 이야기에 귀를 기울여 161

어린아이처럼 순간을 까르르 만끽하기 164

나의 숨결로 호흡하기 느리게, 깊게 167

어떻게 슬퍼하지 않고 살 수 있을까 사라지기 전에 피어나라 169

고독하되 외롭지는 않은 따듯한 의식 172

한껏, 힘껏, 실컷 공부할 거야 175

고치를 뚫으면 날개를 펼칠 수 있어 178

윤기 있게 풀기 있게 시선과 마음을 낮춰 180

바닷속에서도 바람은 불지 너의 24시간을 응원할게 182

고맙습니다 나를 키워준 현실 184

작은 동그라미로 새긴 마침표 내 생의 고별인사 186

에필로그 - 나비, 허물을 벗고 날아오르네
'나는 별이다'와 '강강수월래' 그리고 '2062'

앞으로 가기 위한
첫 번째 이야기

쇼핑카트처럼 떠밀어서 미안해

엄마 말 잘 들어야
착한 아이지

이 세상 모든 아이가 가장 많이 듣는 말.

"말 잘 들어야 착한 아이지!"

아직 말도 잘 못하는 아기 때부터 너는 그런 말을 들으며 자랐지.

무슨 뜻인지 몰라도 말을 안 들으면 혼나니까,

너는 참 영리하게도 일찌감치 말 잘 듣는 게 좋다는 걸 알게 되었어.

외할머니 사랑을 받은 엄마처럼, 선생님 인정을 받은 아빠처럼,

너 역시 사랑받고 인정받으려면

무조건 어른들 말을 잘 들어야 한다는 생각을 심어줬어.

다름 아닌, 엄마라는 사람이 말이야.

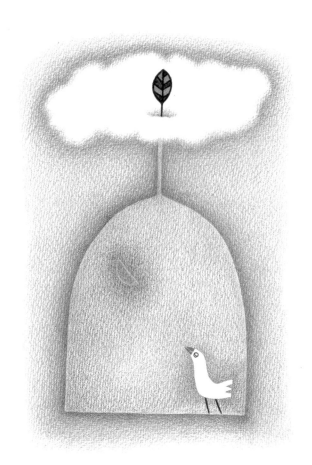

"너는 뭘 원하니?"

"너는 뭘 하고 싶어?"

"너는 어떻게 하고 싶지?"

엄마는 네게 이렇게 물어본 적이 없어.

네 인생을 다 정해놓고 그대로 하라며 떠밀어댈 뿐이었어.

세상에, 그건 마치 쇼핑카트처럼 너를 떠민 거야.

그 쇼핑카트에 엄마는 이런 걸 욱여넣었어.

"엄마 말 잘 들어야 착하지."

"공부 잘해야 좋은 대학 가고 취직도 잘하고 결혼도 잘하지."

"남만큼 해서 언제 성공하니? 다른 사람 이상으로 해야 더 빨리 성
공하는 거야."

'정말 이 길밖에 없을까' 하는 생각도 했지만

어른들은 인생 선배니까 그들의 말이 맞을 거라 생각하던

엄마 역시 떠밀려온 지금,

"

고백하건대
엄마 말은
진리가 아니었어.

"

욕망 입히기

큰 사람이
되어라

두 팔과 두 다리를 활짝 펼쳐봐.

그러면 한자로 큰 대大자가 된단다.

그래서일까? 어른들은 아이들에게 이런 말을 달고 살잖아.

"큰 꿈을 가지고 큰 사람이 되어라."

그런데 말이야, 어른들은

그 큰 꿈에 자신의 큰 욕망 덩어리를 입히는 관습에 젖어 있단다.

그래, 엄마 역시 그랬지.

큰 차, 큰 집, 큰 회사… 그게 큰 꿈인 줄 알고

너에게 "큰 사람이 되어야 해"라고 부추겼어.

큰 차, 큰 집, 큰 회사는 좋은 거야.

다만, 엄마는 그것이 세상 전부인 것 마냥
그것을 차지하라고 너를 부추겨버렸어.
그 커다란 것들을 너의 인생 목적으로 설정해버린 거야.

엄마는 너를 허우대만
큰 사람으로 만들어서
너를 통해 떵떵거리는
큰 사람이 되고 싶었던 걸까?

성장중독신드롬

좀 더, 좀 더,
좀 더

밤늦도록 불 켜진 창문들이 얼마나 많은지 몰라.

우리가 모르는 것 중 하나는, 쉬는 법을 모른다는 거야.

고약한 비교급 때문이지.

엄마는 몽둥이처럼 그 고약한 비교급을 들고 너를 닦달했지.

쟤보다 좀 더 빨리 갈 수 없어?

쟤보다 좀 더 열심히 할 순 없니?

좀 더 잘해서 쟤 좀 이겨봐!

다른 동물을 먹이로 삼는 포식자를 사육하듯

느리지만 너를 위해 네 걸음으로

고약한 비교급으로 너를 채찍질했던 엄마는
결국 네 영혼을 삼켜버린 것 같아.

네 영혼이 어제보다 건강한지,
그래서 네 몸은 어제보다 활기찬 지,
엄마라는 이름으로 왜 그걸 보살피지 못했을까?

돈이 되는 걸
하란 말이야

세상은 눈에 보이고 손으로 만질 수 있어야 진짜라고 믿어.

그곳에서 인정하는 성공은 뭘까?

너도 짐작할지 모르겠지만, 그건 바로 돈이야.

우리는 돈을 스마트키로 여기고 있어.

돈만 있으면

존경, 사랑, 인간관계, 행복 같은 것들이 척척 열린다고 믿거든.

그래서 엄마는 너에게 돈 되는 학교에 가고,

돈 되는 일을 해야 한다는 속내를 은연중에 드러냈어.

하루 24시간이 부족해 종종거리며 살아가는 우리네 모습이

돈이라는 목줄을 매고 저만치 있는 스마트키를 잡으려고
낑낑대는 것인 줄도 모르고.

미안해.
네 손에 봄날 같은 따스한 마음이 아니라
차가운 계산기를 쥐여줬어.

명심하렴.
돈이란 인생에 필요한 것이지만,
인생을 충분한 것으로
만들어주는 건 아니란다.

돈ㅋ행복

카스트 제도

사람 위에
사람 있는 거야

"이왕 태어났으면 높은 자리에 앉아봐야 하고, 높아지려면 다른
사람을 딛고 올라가야 해."
참 슬픈 말인데, 어쩌면 많은 부모가
이런 생각을 아이에게 삶으로 보여주고 있는지도 몰라.

나만 잘 살면 된다는 심보로
다른 사람을 밟고 높은 자리에 올라서는 것이 무슨 소용일까?
소고기 등급 매기듯 너는 2등급, 나는 1등급.

과연 사람다운 생각일까?

명심하렴.

삶이 깊어짐과 동시에 높아지는 길은
사람을 자기 자신처럼 귀하게 여기는 마음이란다.

우리끼리

한 시인은 사람과 사람 사이에 섬이 있고 그 섬에 가고 싶다고 했지.
그런데 요즘은 말이야, 사람과 사람 사이에 가드펜스가 있어
안부 인사도 제대로 건넬 수 없게 되었어.
낯선 이의 상냥한 인사조차 경계할 수밖에 없는 세상이 되었으니까.
바로 옆집에 홀로 죽어가는 사람이 있는지조차 모르는 세상이니까.

"너는 너고 나는 나야"라는 생각은 아무나 사귀어선 안 되고,
작은 도움이라도 될 만한 사람을 만나야 한다는 풍조를 만들었어.
혈연, 지연으로 맺어진 사람들이어야 그나마 믿을 수 있고,
그들이 좋은 연줄이 돼 줄 거라고 하지.

잘 생각해보렴.
우리끼리만 잘 먹고 잘 사는 것이
과연 잘 사는 길일까?

붕괴의 시초

빨리 가,
빨리

함께 외출 준비를 할 때면 엄마는 늘 네게 말하곤 했지.

"빨리 좀 해, 빨리."

함께 길을 걸을 때에도 이렇게 재촉했지.

"빨리 가, 빨리."

인스턴트커피를 제조하듯 너를 닦달했어.

눈 뜨고 일어나면 마주치는 뉴스들이 사고와 사건들뿐인데.

차분한 시작을 하지 못해

결국 무엇인가 붕괴되었다는 사고들인데 말이야.

인생도 마찬가지라는 걸 엄마는 왜 몰랐을까?

삼풍백화점처럼 불현듯 네 인생이 무너지면 어쩌려고
"빨리빨리"라는 다그침을 입에 달고 살았는지.

너의 길에는 너만의 템포가 있는 법이지.
차분하게, 신중하게 시작할 수 있는 템포.
엄마는 이제 그것을 존중하려고 해.

쉼 없는 노동과 소비

열다섯 번째
가축을 기른 건 아닐까?

그 옛날 사람들은 농사를 처음 지을 때

소를 비롯한 14종의 포유류를 길들였단다.

가축을 길러서 농사를 지었던 거지.

가축들에게도 때가 있단다. 일할 때와 쉴 때가 말이야.

필요 이상의 욕심을 부리지 않지.

그런데 사람은 어쩜 그렇게도 일손을 놓지 않는 걸까?

돈 걱정 없이 편하게 살기 위해서

돈을 버느라 쉼 없이 내달리고 있어.

편하게 살기 위한 요건들을 삶에 꾸역꾸역 채워 넣으려고 끊임없이 소비하면서 말이야.

과연 편안한 삶이 쉼 없는 노동과 소비로 이루어지는 것일까?

엄마를 비롯한 우리네 부모들은 자식 농사를 지은 게 아니라

욕망의 삶을 영위하고자

자식을 열다섯 번째 가축으로 만들어 키운 것은 아닐까?

그런 생각에 엄마는 가슴을 칠 수밖에 없구나.

점점 약해지는

연결
고리

서로가 서로에게

야단치고 신경질 부리고 짜증 내고

인상 쓰고 쌀쌀 맞고 닦달하고 무시하고.

우리는 서로에게 하루에도 몇 번이나 이런 무례를 범하는 걸까?

많은 사람에게 그건 일상이 되어버렸어.

사람 인人이라는 한자를 보렴.

사람과 사람이 기대어 있는 모양이지?

그래, 우린 '사람 인'이라는 연결고리로 이어진 공동체란다.

자신과 다르다는 이유로 무례를 범한다면
결국 우리의 연결고리는 점점 약해지고 말 거야.
그러다 어느 순간 툭, 끊어져 버리면 어떻게 될까?

참 좋은
특권
의식

엄마는 너를 참 많이 혼냈어.

성적이 떨어졌다고 닦달하고,

물을 엎질렀다고 야단치고,

친구한테 맞고 다닌다며 비난하고.

너를 혼내는 게 엄마의 특권이라고 착각했지.

너를 낳았다는 이유만으로, 엄마의 소유라고 여기며

엄마 마음에 들지 않으면 죄인 취급하며 혼낼 수 있다는 특권.

오만한 특권.

그러면서 엄마는 네가 가진 참 좋은 특권을 무시해버린 거야.

실수할 수 있는 참 좋은 특권.

그 실수를 바로잡을 수 있는 참 좋은 특권.

참 좋은 특권으로 너는 성장의 길과 성숙의 길에 이를 수 있단다.

어른이 된다는 것은 수많은 오류를 범하고 수정을 거듭하면서

비로소 성숙해지는 과정이거든.

반성할 때마다 정신이 예리해지고

영혼은 맑아지고

의식이 높아지니까.

실수해도 괜찮아.
실수에서 배우고
고치면 되니까.
네가 가진
참 좋은 특권을 기억해.

《삶의 의미를 찾아서》 by 빅터 프랭클

부정적인 사고

세상은
불공평한 거야

태어날 때부터 모든 것을 갖춘 사람은 별로 없어.

태어난 환경이 다르듯이 인생의 출발선도 저마다 다르지.

그래서 "세상은 불공평한 거야"라고 말할 수 있을까?

글쎄, 엄마는 비교의식과 자격지심에 빠져

그런 엉터리 논리를 펼친 것 같아.

주어진 환경이 어떻든 간에 그것은 나를 키울 기회란다.

나에게 없는 것을, 나에게 있는 것으로 만들어가는 과정을 통해

너는 자부심과 보람을 느낄 수 있어.

설사, 가진 것을 잃더라도 너 자신이 무너지는 일은 결코 없지.

만약 태어날 때부터 모든 것을 가진 사람이,

그 모든 것을 잃는다면 어떻게 될까?

그것을 만들어가는 방법을 모르고,

스스로에 대해서도 의구심이 들겠지.

그 모든 것이 자신인 줄 알았는데,

그 모든 것이 없어졌으니

자신도 사라져버린 것처럼 안절부절못하게 되는 거야.

이제 알겠지?

나에게 없는 것을 가지고

"세상은 불공평한 거야"라고 푸념하는 게

얼마나 큰 시간과 에너지를

낭비하는 일인지 말이야.

염치는 버리고

눈치는
늘고

요즘 사람들은 눈치가 빠르지, 눈치를 많이 보니까.

저 사람은 나를 어떻게 생각할까?
그들 무리에 속하지 못하면 무능력자라고 낙인찍겠지?
이런 옷차림은 좀 없어 보이지 않을까?
어떻게 말해야 그 사람이 좋아할까?

우리는 점점 자신을 버리고 남들 보기 좋은 대로
내가 아닌 다른 사람이 되려고 해.
바보 같은 일이지.

나다운
얼굴로
나답게
당당하게

그런데 엄마가 너를 부추겼어.

너를, 다른 엄마들이 보기에 좋은 사람으로 꾸미려 했으니까.

이제 엄마는 너에게 눈치가 아닌 염치를 가르쳐주려 해.

염치란 체면을 차릴 줄 알고,

무엇이 부끄러운 건지를 아는 마음이란다.

체면이 남을 대하기에 떳떳한 도리나 얼굴을 말하는 것처럼.

눈치를 보면서 너 자신을 버리지 말고,

염치를 차려

너다운 얼굴로 너답게,

굽힐 것 없이 당당하게 행동하렴.

위로 올라가기 위한
두 번째 이야기

'자기다움'이라는 날개를 달고

너에게
물어보렴

나는 누구일까?

요즘 사람들은 한시도 혼자 있는 것을 못 견디지.
길을 걸으면서도, 지하철에서도
항상 누군가와 연결되려고 애쓰면서 살잖아.
귀에는 이어폰을, 손에는 스마트폰을 들고 있는 것이
요즘 우리네 자화상일 거야.

자기다운 인생을 살려면
'따로' 떨어져 있는 시간을 견뎌야 해.
홀로 자기 자신을 마주해보지 않는다면,
사람들과 진심으로 깊이 있게 어울리기 어렵단다.

삶이란 자신을 가꾸고, 세상을 꾸미는 것이란다.
삶이란 자신을 알고, 사람을 알아가는 것이란다.
삶이란 '홀로, 그리고 함께'를 실천하는 것이란다.

네가 먼저 해야 할 일은
네가 누구인지 살펴보는 일이야.
너에게 물어보렴.
"나는 누구일까?"
너는 너에 대해 설명할 수 있어야 해.

그 물음이 어렵다면 우선 네 몸을 들여다봐.
동물처럼 움직이면서 식물처럼 우뚝 서 있는 존재라는 걸 알 수 있어.
왜 우리는 움직일까?
성실하게 밭을 갈 듯 삶을 가꾸라는 의미가 아닐까?
왜 우리는 서 있을까?
뿌리에서 에너지가 올라와 잎을 내어 그늘을 나누고,
열매를 맺어 다른 생명을 일구는
나무처럼 살아가라는 의미가 아닐까?

인간은 이렇게 동시성을 가진 존재란다.

'자기 자신'을 지키면서 가꿔가는 동시에
'우리'라는 사회에 나눔을 실천하며 윤택한 공간을 이뤄가는 것.
이 과업을 완성하고 싶다면 지금 홀로, 너의 의미에 대해 생각해보렴.

홀로 그리고 함께

아름다운
기호

네모, 세모, 동그라미, 더하기, 곱하기, 빼기, 나누기

어느 날 엄마는
스케치북을 펼쳐 우리 몸이 어떻게 생겼는지 그려봤단다.
그 기본선은 이랬어.

네모난 몸통 위에,
동그란 머리가 올라가 있고,
그 사이 가슴은 세모꼴이었어.

그 몸을 인생의 시기로 나누는 재미난 발상도 해봤지.

△□○+-×÷

네모난 몸통은 성장기

세모꼴 가슴은 중년기

동그란 머리는 노년기

그리고 여기에는 아름다운 셈법이 자리하고 있어.

성장기는 자신을 채워야 하는 시간이라

더하기와 곱하기가 힘차게 박동하고 있어.

중년기는 지나온 인생을 돌아보며 회한을 느끼기에 아프고,

채워온 인생을 어떻게 하면 가치 있게 만들 수 있을까

고민하기에 아프고,

자식도 생기고 회사의 후배가 많아지니 잘 거느릴 생각에 아프고.

그래서 빼기가 아닐까?

앞만 보고 달려온 숨 가쁜 인생의 질이 바뀌어야 한다는 걸 깨닫게

되는 도약의 순간이지.

그로써 노년기와 아름답게 결합할 수 있는 거란다.

동그란 노년기에서 우리가 떠올릴 수 있는 말은 무엇일까?

"두루두루."

어깨를 내어주고 마음을 나눠주며
"살고 사랑하라"는 신호를 보내고 있어.
그것이 인생의 마침표가 되어야 해.
마침표는 동그라미지?
그래, 우리 삶의 결말은 항상 동그라미가 되어야 해.

어디로
가고 있니?

나침반이 도리질하는 이유

삶의 목적지를 처음부터 정확히 아는 사람이 있을까?

그런 사람은 아무도 없단다.

나침반의 자침이 도리질하는 것처럼,

사람도 인생의 길목 길목에서 흔들리기를 반복하게 마련이야.

불안과 갈등이 휘몰아칠 때

필요와 충동을 따르면 인생은 계속해서 흔들릴 수밖에 없어.

인생이 흔들리고 마음이 소용돌이칠 때면

지금 이 순간 무엇을 해야 하는가.

그 물음에 집중해봐.

나침반이 도리질하다가 정확한 방향을 잡아내듯이,

너도 방향을 잡고 참된 목적지를 발견할 수 있을 거야.

흔들릴수록 정확해지고,

차원이 다른 삶으로 올라갈 수 있다는 걸 명심하렴.

수성, 금성, 화성…
그리고 인성

사람이라는 별

엄마는 인성이라는 단어가 낯선 세상이 되어버린 게
엄마 탓인 것 같아 마음이 저릴 때가 많아.
인성이란 사람을 빛나게 해주는 별과 같은 것인데,
너를 키우면서 엄마는 그 빛을 지워버린 것만 같아 정말 미안해.

인성은 지구자기장과 비슷하단다.
자기장은 방사선과 태양풍을 막아
지구 생명체가 안전하게 살 수 있도록 해주지.
우리 인생에서 인성도 그런 역할을 해.

너는 별이야.

모진 고난을 뛰어넘고 유한한 이기심을 초월하여

미래의 세상을 위해 전심전력하게 하는 것.

그게 바로 인성이야.

사람이라는 고등생물이 살고 있는 유일한 별이 지구요,

위로 향하는 의지를 펼쳐서

절망 속에서 희망을 꽃 피우게 하는 게 인성이란다.

타인과 미래를 빛나게 함으로써 스스로 빛나는 것,

그런 인성을 가진 존재가 바로 너라는 별이야.

'그럼에도'라는
에너지

물론 인생은 어려운 거야

인생은 누구에게도 호락호락한 것이 아니야.

인생사에 지치고 사람에게 넌더리가 나고

넘어지고 또 넘어지는 것이 인생일지도 몰라.

그럼에도 불구하고

절망에 무릎 꿇지 않고 일어설 때 길이 보인단다.

그럼에도 불구하고

꽁무니 빼려 엉거주춤했던 태도를 바꿔 올곧은 자세를 취하면

정신이 맑아진단다.

그럼에도 불구하고

자꾸 오므라드는 손을 활짝 펼칠 때 삶은 따스해진단다.

그럼에도 불구하고

거들먹거리는 어깨와 뻣뻣한 목을 풀 때 소통할 수 있어.

그럼에도 불구하고

찡그린 얼굴에 환한 미소를 지을 때 새로운 세계가 열리는 거야.

웰메이드
인생

넌 잘 살고 있니?

잘 살고 못 사는 건 누군가를 탓할 문제가 아니야.
그런데 엄마도 그랬고, 사람들도 탓하길 좋아하는 것 같아.
그렇게 회피한다고 해서 나아질 건 하나도 없는데 말이야.

잘 살고 못 사는 것.
그건 오로지 스스로 풀어야 할 문제이고,
결국은 자신이 선택한 길이야.

모두가 잘 살고 싶지.
그런데 진짜 잘 산다는 게 뭘까?

누구나 진지하게 고민해야 할 질문이야.

자신의 모난 것들을 살피지 않고

일차원적인 삶에 안주한다면 어떻게 될까?

반대로, 자신의 모난 것들을 마름질하며 동글동글하게 만들어간다면

삶은, 또한 세상은 어떻게 될까?

자신을 동글동글하게 빚어갈 때

인생 또한 태양처럼 동그르르르 하게 세상을 밝힐 수 있단다.

이게 바로 웰메이드 인생이야.

여러분의
삶은
안녕한가요?

너의 스펙은
인성이란다
'인성 인재'가 절실한 세상에서

인성에는 네 가지 씨앗이 있단다.

마음씨, 말씨, 맵시, 일솜씨.

양질의 씨앗이 탐스러운 열매를 맺는 것처럼,

이 네 가지 씨앗이 좋아야 우리의 인성도 아름답게 꽃 피울 수 있겠지?

일류 대학, 토익 점수, 어학연수, 빵빵한 유산도 좋지만

그것이 너를 대변할 순 없단다.

부디, 그것에 너를 끼워 맞추는 우愚를 범하지 말기를.

너를 대변하는 것은

오직 너만이 가지고 있는, 고유한 인성이야.

그게 바로 네 스펙이란다.

바라건대,

인성이라는 커다란 그릇에

진심과 성실로 일군

너의 결실들을 담길.

행복은
어떤 모양일까?

행복이 오는 순서

행복은 어떤 모양일까?

그건 아마도 동그라미일 거야.

해처럼, 달처럼 둥근 모양이어서

세상에 맑고 따스한 빛을 선사해주니까.

우리의 몸에서 행복이 깃들어 있는 곳은 어디일까?

그곳은 아마 동그라미 모양의 얼굴이 아닐까?

얼굴에는 인생의 노정이 그대로 새겨진단다.

그래서 모나지 않은 삶을 만들어야 해.

머리와 가슴이 행복의 메신저가 되려면

우리네 인생을
동그란 점으로
가꾸어야 한단다.

인생이라는
실험무대

그 누구도 아닌 바로 너

많은 사람이 인생을

성공과 실패, 승자와 패자로 분류한단다.

그들이 생각하는 성공이란

다른 사람들보다 높아지는 것이고,

돈을 매개로 높아진 사람이 승자라고 정의하지.

"높아져서 오래가는 게 이기는 거야."

얼마나 많은 사람이 이런 말을 하는지 몰라.

그게 이상한 말인 줄 알면서도 "맞아, 맞아"라고 맞장구치는 것이

우리 시대의 부조리함을 대변하고 있는지도 모르겠어.

엄마가 뒤늦게 후회하며 깨달은 사실은
높아진다는 것이
물리적인 높이나 크기를 뜻하는 게 아니라는 거야.

인성이라는, 너라는 별을
더불어 살아가는 아름다운 터전으로 완성하는 것.
그것이 바로 높아지는 거야.
진정으로 높아지기 위해 너에게 주어진 단 한 번의 인생,
그 무대 위를 마음껏 누비렴.
네 본연의 모습으로 반짝반짝 빛나게.
그 누구도 아닌 바로 너의 삶이야.

단 한 번뿐인 인생
가장 너다운 모습으로
반짝반짝 빛나렴.

네모에
새겨야 할 것

나누기

네모난 몸통은 성장기를 상징한다는 말을 기억하니?

성장기에 더하고 채워야 진정으로 커갈 수 있단다.

무게만 커지는 게 아니라 질량도 갖춘 사람이 되기 위해서.

여기서 무게는 너의 가치와 중요성, 그리고 됨됨이를 뜻한단다.

그렇게 커서 우리는 무엇을 해야 할까?

성장기에 자기 자신을 채워갈 때

우리가 유념할 것은 '나누기'란다.

마침내 나누기 위해 지금 더하고 곱한다는 것을

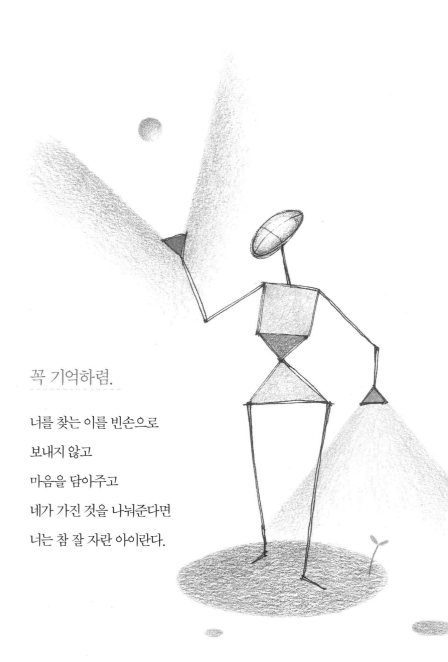

꼭 기억하렴.

너를 찾는 이를 빈손으로
보내지 않고
마음을 담아주고
네가 가진 것을 나눠준다면
너는 참 잘 자란 아이란다.

배짱
두둑이
짱이 되길

뭔가 뜻대로 되지 않는다고 해서 기 죽을 필요는 없어.
우리에겐 배짱이 필요하거든.

굽히지 않고 맞서 견디며 박차 오르는 힘 말이야.

이곳이 아니면 저곳으로
새로운 길을 낼 수 있는 배짱.
거친 비바람 속에서도
날개가 젖을까 몸 사리지 않고 보란 듯 날개를 펼칠 수 있는 배짱.
많은 사람이 못 본 척하는 불의 앞에서 당당히

손을 내저으며 "그건 아니죠"라고 맞설 수 있는 배짱.

곱하기의
기적

선사하는 삶

지식과 경험을 더해서 자신을 채운 다음,
그것으로 세상에 필요한 것을 선사하는 것.

엄마는 그걸 '곱하기의 기적'이라 말하고 싶어.

어른이 된 너는
반려자를 만나 사랑하게 될 테고
동료와 더불어 일을 하게 될 테지.

그건 혼자가 아닌 둘 이상의 만남이 이루어지고

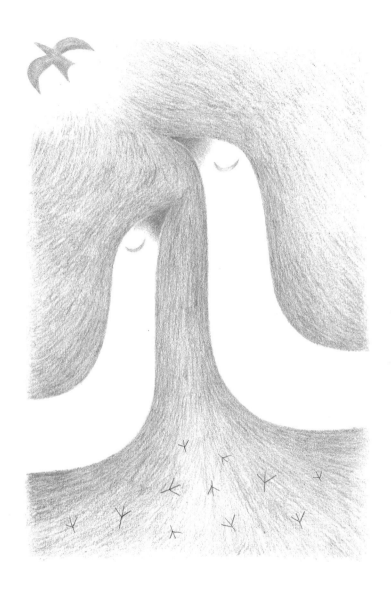

둘 이상의 힘이 발휘되어
함께 세상에 필요한 결과물을 낸다는 뜻이야.

지금 우리네 세상에 진정 필요한 것은 무엇일까?
곰곰이 생각해보렴.
그리고 함께 곱하기의 기적을 일으키렴.

우리라는
이름으로
하나가
된
너와나는
곱하기의 기적을
꿈꾼다.

함께하기 위한
세 번째 이야기

'같이'의 가치를 이루어가는 길

너의 아름다움 중
한 가지

여백의 미

사람은 누구에게나 빈터가 있단다.

혼자서는 채울 수 없는 빈터.

누군가 함께 할 때야만 비로소 채울 수 있는 결여.

엄마는 그것을 '여백의 미'라고 부르고 싶구나.

사람은 혼자서는 완전해질 수 없는 존재란다.

그래서 혼자서는 할 수 없는 일들을,

함께 할 수 있는 일들로 승화시킬 수 있지. 다른 누군가와 함께.

그로써 웅크려 있던 꿈은 날개를 달고 세상으로 날아간단다.

'여백의 미'는, 삶을 더불어 채워가는 추진력이야.

사람은 얼마나 아름다운지 몰라!
'나'를 찾는 '너'에게 '우리'로
만나는 다리를 내어주는 존재,
그 다리로 오가며 서로의 빈터를
채워가는 존재가 바로 사람이야.

어제의 너는
곧 역사

우리가 공진화해야 하는 이유

사람은 두 개의 세상을 살아가도록 태어났어.

개인의 삶도 살고, 시대를 이끄는 삶도 살아야 하지.

그런데 우리는 너무 개인의 삶에만 치중해 살고 있는 건 아닐까?

적어도 우리 할아버지 세대와 아버지 세대는 그렇지 않았는데.

할아버지 세대는 헝그리 정신으로 경제를 살렸고,

아버지 세대는 불평등에 분노하면서 민주주의에 불을 지폈어.

두 세대 덕분에 오늘이 탄생했다고 해도 과언은 아니야.

그렇다면 우리는 어떤 역사를 이루어가고 있을까?

배부른 소크라테스?

물질적으로 더없이 풍요로운 세상에서
사람의 가치는 한없이 초라해져
홀로 눈물짓는 사람들이 얼마나 많은지 몰라.
자유와 평등이 이루어졌다고 하지만
그 어느 때보다도 속박과 불평등이 난무한 시대.
그것은 역사의 흐름이 추락하고 있다는 방증일 거야.

자신의 삶에 충실하면서도,
시대의 과제를 해결하려면 어떻게 해야 할까?
자유와 평등이라는 기둥 사이에, 박애라는 다리를 놓아야 해.

그것이 바로 공진화요,
균형 잡힌 인생이자 역사란다.

공동체라는
우리 집
창문 열고 문 열고

한 사람은 몇 개의 공동체 속에서 살아가고 있을까?

네모와 동그라미라는 몸 공동체,

젊음과 늙음이 가고 오는 생애 공동체,

다양성이 공존하는 가족 공동체, 사회 공동체······

그런데 우리는 이런 공동체들 사이에서 화목을 이루고 있을까?

'흐르게 하라'는 자연의 법칙은 공동체에도 적용된단다.

그런데 여기저기 막혀서 병든 공동체가 너무 많아.

돌보지 않은 몸, 갈 길을 잃어버린 삶의 구간,
등 돌린 가족, 이기적인 개인주의에 곪아버린 사회.

자, 이제 우리

닫힌 창을 열고 꽁꽁 걸어 잠근 문을 열어
화해를 청해보는 건 어떨까?

막힌 데는 뚫고, 끊어진 데는 잇고

우그러진 데는 펴고, 닫힌 데는 활짝 열어

화목한 마음들이 흐르고 흘러가도록.

건강하고 정다운 공동체가 '우리 집'이 되도록.

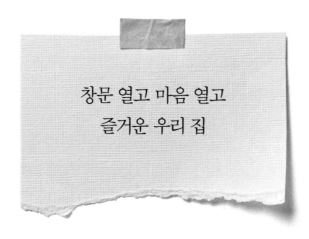

창문 열고 마음 열고

즐거운 우리 집

잠시 멈춤,
손들고 질문하기

"왜?"라고 물어봐

크고 작은 선택이 개인의 운명이 되고,

그런 개인의 운명들이 모여 하나의 시대상을 이룬단다.

그래서 지금 여기저기서 속출하는 문제들,

굳을 대로 굳어버린 시대착오적 관행들에 대해

한 사람이 저지른 과오라고 책망할 순 없어.

"왜?"라고

묻지 않은 채 개인들을 재촉했던 시대의 허물을 슬퍼해야지.

엄마가 네모 세모 동그라미라는 몸의 모양에서

삶의 본질을 알아내려고 했듯이,

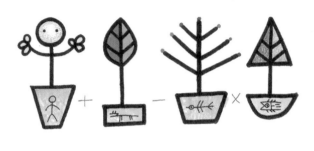

왜?

때때로 부딪히는

삶의 작은 갈등이나 사고에서 원인을 살펴봐야 해.

피상적인 것으로만 향했던 시선을 자신의 내면으로 돌려

자기 자신을, 사회 곳곳을 속속들이 살펴봐야지.

오늘도 이렇게 질문해보길.

진정으로 나를 북돋우는 방법은 무엇일까?

진정으로 사회공동체를 위하는 방법은 무엇일까?

살아가는 내내

삶의 '어떻게'라는 방법을 궁리하고, 또한 실천하는 것.

그것이 곧 자기 발전을 이루고 사회의식을 높이는 길이란다.

네가 가는 길이 곧
우리의 길이 되려면

나라는 별의 중심

이순신 장군의 『난중일기』에 가장 많이 나오는 글자가 뭔 줄 아니?

그건 바로 '축縮'이야.

'줄어들다', '오그라들다'라는 뜻이지.

선조 임금과 대신들의 견제를 견디는 어려움.

자신감이 바닥을 기는 백성들을 독려해서 전쟁을 해야 하는 어려움.

망망대해 위에서 이렇게 자꾸만 위축되는 마음을 표현한 것이지.

그런 최악의 상황에서 최고의 결과를 이룰 수 있었던 비결은 뭘까?

그럼에도 불구하고, 마음의 축軸을 잘 잡고 있었기 때문이야.

어떤 위기가 닥쳐도 좌초되지 않고 그것을 뛰어넘어

순항의 바다에 이르게 된 거지.

이순신 장군의 굳건한 마음을 중심으로

백성의 마음이 하나둘씩 이어져 강강수월래 같은 원동력,

그러니까 승리의 근원적인 힘이 일어난 거야.

이순신 장군이 그랬듯이

너의 길이 곧 우리의 길이 되게 하는 것.

엄마는 그것을 '강강수월래 정신'이라고 부르고 싶구나.

너의 길이 곧 우리의 길이야.

심장을
뛰게 하는 일

그 일이 곧 네가 되려면

"직장은 전쟁터고, 사회는 지옥이야."

이런 무시무시한 말을 많이 들어봤을 거야.

우리가 얼마나 불행한 시대를

불쌍하게 사는 사람인지를 대변하지.

전쟁터에서 이기고 높아지는 것은 하늘의 별 따기라서

지옥을 벗어날 수가 없다고들 하지.

그런데 말이야, 나만의 일솜씨로 스스로 별이 될 순 없을까?

직업에는 귀천이 없다고 하지만 그게 꼭 맞는 말은 아니야.

내일 지구가 멸망해도 나는 오늘 한 그루의 사과 나무를 심겠어.

사회공동체를 위한 일인가?

일솜씨를 정교하게 다듬고 있는가?

책임과 의무를 다하고 있는가?

이것으로 직업의 귀천이 드러난단다.

귀한 직업은 지옥 같은 사회를

푸른 숲으로 일구는 날개를 달고 있어.

"내일 지구가 멸망한다고 해도 나는 오늘 한 그루의 사과 나무를

심겠다"는 정신의 날개.

오밀조밀하게
둘러가는 사람 테

푸르고 깊은 소나무처럼

나이테라는 게 꼭 나무에만 있는 걸까?
세월이 흐르듯 켜켜이 쌓여가는 인생의 숱한 의미들 또한
사람에게 나이테를 둘러간단다.

세상에 무의미한 것은 없기에, 실패 역시 내 것으로 껴안고
실패에서 배우는 사람은 인생을 결코 헛살지 않아.

누구에게나 마땅히 해야 할 일이 있어.
이를 위해 자신의 솜씨나 재간을
오밀조밀하게 다듬어가는 사람의 둥근 테는

힘찬 연륜年輪으로 구르고 굴러,
다른 사람들에게 길을 만들어준단다.
내가 열어가는 길이 다른 이들에게
하나의 지표가 된다면 얼마나 뿌듯할까.

흰 눈 덮인 들판의
한 그루 소나무가
새싹의 희망이 되듯이.

나로부터
시작되는 것

마음을 쓰는 태도

지구의 모든 생명체는 운명 공동체란다.

지구도 자연도 사람도 모두 하나여서,

자연 속에서 뭔가 순리를 이루지 못하면

그 작은 문제에 문제가 연쇄적으로 일어날 거야.

그러니 그 무엇도 함부로 대해선 안 돼.

사랑받고 싶다면 먼저 사랑하렴.

미움받고 싶지 않다면 미워하지 않으면 돼.

누군가의 손길이 절실하다면 먼저 손을 내밀어 보렴.

모든 것은 나로부터 시작된다는 사실을 되새기며,

지금 나는 마음을 어떻게 쓰고 있는지, 마음의 모양을 살펴보길.

동글동글한지, 삐뚤삐뚤한지.

네가 떠난 자리에
남아야 할 게 있다면

정신문화의 씨앗

우리네 세상이 위태위태해 보이는 까닭은
물질문화와 정신문화의 불균형 때문이란다.
모두 물질문화에 치우쳐 세상은 균형을 잡지 못하고 흔들리고 있어.
이건 사람의 위상이 바닥을 치고 있다는 반증이야.

위상이란 부귀와 영화로 높아지는 게 아니란다.
물질에 눈이 멀어 다른 사람을 짓밟고 올라서려는 것은
위상이 아니라 위기일 뿐이지.

세상을 균형 잡힌 곳으로 안전하게 일구려면

빼기와 나누기를 잘해야 한단다.

더하고 채웠던 모든 것을 빼기와 나누기로 환원시킬 때

비로소 사람의 위상은 높아지고,

고귀한 정신문화가 싹을 틔우게 되지.

빼기와 나누기.

이것이 사람과 사회의 위상을 높이는 정신문화의 씨앗이란다.

반짝
반짝
사람과 사람 사이에 있어야 할 것

한자는 아주 묘한 글자란다.

자세히 들여다보면 사람과 삶에 대한 정의가 숨어 있거든.

어느 날 엄마는 '인간'의 '간間'이라는 한자를 보다가

그 중간에 있는 '일日' 자에 자꾸만 눈길이 갔어.

그건 태양, 햇살, 해의 움직임 등의 뜻이 있지.

'간間'은 사람과 사람 사이에는

'빛'이 있어야 한다는 점을 알려주고 있어.

세상을 비춰 생명을 자라게 하는 태양처럼 말이야.

서로 밝혀주는
빛이 되는 것.

다른 사람의 삶이 환하게 빛나도록
풋라이트(footlight) 역할을 해주는 거지.
다른 사람에게 관심을 기울이고
낮은 자세로 도움을 건네고
한결같이 응원하는 마음.
그게 바로 빛이란다.

오 순
도 순

정답게 이야기꽃을 피워

사람들은 저마다 다른 얼굴만큼이나 다른 방법으로 이야기하지.

누군가의 말을 들으면 기운이 샘솟고,
또 다른 누군가의 말을 들으면 마음이 곤두박질치는 것 같고.

너의 말과 글은 다른 사람에게 영향을 끼치게 마련이란다.
말하는 방식이 저마다 다르다고 해도
그것이 약이 되는지, 아니면 독이 되는지를 잘 살펴봐야 해.

말하기 전에 꼭꼭 되짚어보렴.

너의 말이 약이 되어
다른 사람의 꺼져가는 마음을
소생시키고 있는지,

너의 말이 독이 되어
다른 사람의 살고자 하는 마음을
짓밟고 있는지.

그것으로
충분해
가장 따뜻한 기억

많은 사람이 나눌 게 없다고 푸념하지.
하지만 사람 자체가 나눔의 메신저인걸.

괜찮아.

따스한 웃음만으로
신뢰하는 눈빛만으로
다독이는 손길만으로

그것으로 충분해.

오늘도 너의 하루가 위로의 시간이길.

별을 경영하기 위한
네 번째 이야기

가치 지혜 관계 감성 소통 창조

'나'라는 별을
잘 지으려면
너를 경영해봐

맑은 저녁, 도시의 하늘을 밝힌 스카이라인을 보노라면

엄마는 감탄이 절로 나온단다.

저 높은 빌딩들을 대체 어떻게 지었을까?

빌딩은 그 역사가 200년도 채 안 되고

대단한 기술력이 아니고선 지을 수가 없지.

그것은 불가능에 도전했던 사람들의 위대한 결과물이야.

왜냐하면, 빌딩에는 튼튼한 경영 원리가 뼈대로 사리 잡고 있으니까.

빌딩은 사람의 욕망을 상징할 수도 있단다.

그러나 그 뼈대에 주목하면

인생을 어떻게 살아가야 하는지를 깨닫게 하는
경영의 상징이 될 수도 있지.

경영이란 기초를 다지고 계획을 세워서 추진해나가는 원리야.

'나'라는 별을 잘 경영하려면 어떤 뼈대가 필요할까?
엄마는 그것이 '가치' '지혜' '관계' '감성' '소통' '창조'라고
생각해.

지금부터 빌딩의 원리에
비유해서 그 이야기를
들려줄게.

가치와
엘리베이터

안전 운전 도우미

엘리베이터가 발명되지 않았다면 빌딩이 탄생할 수 있었을까?

물론 없지. 여기서 중요한 것은 안전한 엘리베이터야.

미국의 발명가인 오티스는

로프가 끊어져도 안전한 엘리베이터를 발명했단다.

그 이후에 사람들은 높은 빌딩을 짓기 시작했어.

엘리베이터처럼 인생의 길을 안전하게 운행토록 해주는 것,

그것이 바로 '가치'란다.

올바른 가치관이 세워진 사람은

한 치 앞이 어둠인 상황에서도

자신의 길을 차분히 결정하여 또박또박 걸어간단다.

엄마는 오늘 너에게 데이트를 신청할까 해.

우리, 올바른 가치에 대해 이야기하는
시간을 가져보지 않을래?

지혜와
신소재

지식이 아닌 지혜

처음 16층 건물을 지었을 때,

얼마 지나지 않아 그 빌딩은 무너지고 말았어.

골조와 석벽이 너무 무거워서 빌딩을 세운 지반이 꺼져버렸거든.

아, 무조건 세운다고 해서 빌딩이 되는 건 아니구나.

그래서 사람들은 고민을 거듭했고,

그 결과 가벼운 철근 골조와 얇은 석벽이라는 신소재를 만들어

22층을 지어냈어.

우리의 인생에서 그런 신소재는 '지혜'란다.

지혜는
엄마들이 입에 달고 사는 "공부해, 공부!"라는 걸 한다고 해서
얻을 수 있는 게 아니야.
성적을 올리는 도구로써의 공부는 압박감을 짊어져서
결국 무너져 쓸모없게 되는 지식일 뿐이지.

신소재 같은 지혜란 단단한 근골筋骨계 같은 거야.
무너지지 않는 결정체를 세워 올리는
카멜레온 같은 지식이야.
그것은 시시각각으로 변화하는 세상에서
친화하고 진화하는 능력을 발휘하게 해준단다.

엄마는 네가 자유로운 공부를 하길 응원할게.
세상 모든 것에 주의를 기울여 깊고도 넓게 이해하는 공부,
마침내 지혜를 길어 올리는 공부를 하렴.

관계와
순환 시스템
나와 너 그리고 나와 나

빌딩을 높게 올린 후, 사람들은 이제 외관을 꾸미고 싶었어.

그래서 투명 유리로 건물 외관을 장식했지.

그런데 심각한 문제가 발생했단다.

유리 빌딩은 보기엔 예뻤지만,

쏟아져 들어오는 직사광선 때문에 내부가 한증막 같았어.

문제를 어떻게 해결했을까? 맞아, 에어컨 같은 순환 시스템.

온도는 열이 흡수될 때 내려가고, 열이 방출될 때 올라가지?

이런 순환 시스템으로 쾌적한 공기를 유지할 수 있는 거란다.

엄마는 그 원리를
사람 간의
'관계'에 적용해봤어.
우리는 인간관계에서도
순환시스템을
갖추어야하지.

관계에 흡수되었을 때에는

자신을 낮춰 상대를 존중할 줄 알아야 해.

존중이란 선을 넘지 않는, 관계의 적정 거리라고 할 수 있단다.

타인을 존중할 때 그와 조화를 이룰 수 있게 되지.

관계에서 방출되었을 때,

다시 말해 관계에서 벗어나 혼자만의 시간을 가졌을 때

자신을 살피며 자존감을 높일 수 있어.

혼자만의 시간 속에서

자신을 존중받을 수 있는 사람으로 다듬어가야 한단다.

타인과 나, 그리고 나와 나.
그 사이의 순환 시스템은
잘 돌아가고 있니?

감성과
협업
넓고 깊게

도심에 많은 빌딩을 더 높게 세우기 위해 사람들은 어떻게 했을까?
물론 새로운 공법도 필요했지만,
특히 중요하다고 깨달은 것은 '협업'이야.

한쪽에서는 빌딩의 기반을 닦기 위해 땅을 팔 때,
한쪽에서는 지지대를 만드는 거야.
한쪽에서는 콘크리트 굳기를 조절하는 새 공법을 만들어내면,
한쪽에서는 캥거루 크레인으로 콘크리트를 올리는 거야.

마찬가지로, 사람의 꿈도 크면 클수록
다른 사람들의 조력이 필요하단다.
여기서 명심해야 할 것이 있어.
협업에는 이성과 같은 비중으로 감성이 작용한다는 거야.

높이 올라가기 위해서는 깊게 파야겠지?
큰 꿈을 이루기 위해서는
사람들의 마음을 한데 모아 굳건한 뿌리로 내려야 해.

그런 합심은 뿌리가 깊어
모진 바람이 불어도,
오랜 시간이 흘러도
변함이 없단다.

소통과
인대
진정한 소통이란

이제 사람들은 100층짜리 빌딩을 지어 역사를 새롭게 쓰고 싶었어.

물론 여기에도 문제는 있었지.

과업을 이루려고 난관을 극복하는 건 어쩌면 인간의 숙명인가 봐.

100층짜리 빌딩을 지었는데 지진이 일어난다면?

생각만 해도 끔찍하지.

타이완의 랜드마크인 '타이베이 101 빌딩'을 처음 세우려고 했을 때

사람들은 건물이 지진에 견딜 수 있을까 의구심을 감추지 못했어.

하지만 그 문제는

철근 골조물에 고무줄 같은 신소재를 함께 설치함으로써

진정한 소통이란
고무줄처럼
유연성을
갖춰야 하지.

그 어떤 충격도 흡수할 수 있게 만드는 것으로 해결되었단다.

사람의 단단한 다리뼈가 인대로 유연하게 움직이는 원리와 같아.

엄마는 여기에서 '소통'이라는 키워드를 발견했어.

사람과 사람 사이에서 돌파구를 열어가는 것은 소통이고,

이런 소통은 인대처럼 유연해야 한다는 것.

경청할 줄 아는 유연성,

문제를 다루는 유연성,

손을 내밀 줄 아는 유연성.

진정한 소통이란

지진 같은 어려움 속에서 '산소통' 같은 역할을 하는 것이란다.

창조와
이정표
안정성과 창조성

마지막으로 우리가 만날 빌딩은 무엇일까?

그래, 네가 짐작하는 대로 세계에서 가장 높은 건물이란다.

아랍에미리트 두바이의 부르즈 할리파.

우리나라 기업이 시공에 참여했던 그 빌딩은

160층, 828미터의 높이를 자랑한단다.

둥글둥글 둥글려진 디자인의 부르즈 할리파는

땅과 바람과 빛에 적합한 설계로

지상에서는 혹시 모를 지진을,

상공에서는 바람의 위력과 강렬한 빛을 견딜 수 있어.
또한, 사막의 꽃인 히메노칼리스를 형상화한
기하학적인 디자인은 가히 창조적이라고 할 만하지.

두바이에서는 부르즈 할리파 덕분에 길을 잃어버릴 염려가 없대.

사람 역시 안정성과
창조성을 두루 갖춘다면
이 세상에서 부르즈 할리파 같은
이정표가 되지 않을까?

성공보다는
완성으로
나비의 비상

성공과 완성은 같은 말일까, 다른 말일까?

높은 빌딩을 세운 것은 성공이야.

그리고 완성이란

높은 빌딩에 채운 것을 훌훌 빼고 나누는 것이란다.

그 모습은 마치

한 마리의 나비가 창공을 날아오르기 위해

탈피에 탈피를 거듭하는 것과 같아.

'어제의 나'에서 한 뼘 자란
'오늘의 나'는 성공을 이룬 것이요,
인생의 경영자로서
올바른 경영 원리를 펼치는
'지금 이 순간의 나'는
완성을 이룬 것이지.

수레바퀴는
돌고 돌아
둥그런 인생의 원리

개인의 삶도, 시대의 흐름도, 어제도, 오늘도
수레바퀴가 돌듯이 반복되고 있어.
돌고 도는 수레바퀴를 보면서 엄마는 이런 생각이 들었어.

저렇게 돌고 도는 건,
어제의 잘못을 오늘 수정하라는 뜻이 아닐까?
저렇게 돌고 도는 건,
최선을 다해 오늘을 살아 밝은 내일을 펼치라는 뜻이 아닐까?

수레바퀴는 다람쥐 쳇바퀴가 아니라,

완성으로 나아가는 동력이란다.

그러니 제자리에서 안주하지 말고 안달하지 말고

인생의 수레바퀴를 성실하게 돌리고 돌려,

모나지 않은 동그란 세상을 만들어가렴.

숨이 다하는 그 날까지, 끝까지.

사람으로 태어났다는 것은 이토록 귀한 기회를 가졌다는 의미니까.

수직선
삶의 기준선

빌딩 이야기를 하고 보니
마치 빌딩을 세운 것 같은 느낌이 들지 않니?

엄마가 빌딩을 예로 든 까닭은
빌딩을 세우듯 네 삶을 스스로 지을 수 있도록
격려하기 위해서란다.
삶이 무너지는 듯한 어려움이 와도,
삶을 다시 세울 힘이 네 안에 있다는 걸 알게 하고 싶은 거야.

빌딩이 수직으로 세워져 있듯이
사람의 몸도 하늘을 향해 있어.

마치 우리 삶이 다하는 날
그 종착지가 하늘인 것처럼 말이야.

그래서 수직선은 삶의 기준선이 아닐까?

오늘도 앞을 향해 나아가고 있지만
마지막에 도착할 곳이 하늘에 있다는 걸 생각한다면,

"오늘 나는 어떻게
살아야 할까?"
고민하고
행동할 수 있을 거야.

균형
잡기
한쪽으로 기울어지지 않길

우리 몸은 완벽한 균형체란다.

우리 귀에 있는 작은 전정기관조차도

몸이 평형을 유지하도록 해준단다.

엄마는 이런 생각도 해봤어.

사람은 귀가 얇아서 달콤한 말에 잘 속아 넘어갈 수 있으니까

흔들리지 말고 중심을 잡으라는 뜻에서

귀에 전정기관이 있는 거라고 말이야.

삶이 균형을 잡기 위해서는

인격의 추를 달면 된단다.

삐딱하지 않게 구멍을 막고

삶이 역경에 넘어지려 할 때, 불의에 흔들리려고 할 때
인격이라는 도덕성을 품으면 균형을 잡을 수 있어.

성격이 어떻든지 간에 거기에 도덕성이 있다면
그것이 바로 인격이야.

세 마리의
나비
몸에 새겨져 있듯이

우리 몸에는 나비가 날개를 펼친 것 같은 형태의 세 부위가 있단다.

골반에 한 마리 나비가 살고 있어,

우리가 똑바로 일어설 수 있는 버팀목이 되지.

갑상선에 한 마리 나비가 살고 있어,

즐겁게 오늘을 살아갈 수 있는 호르몬을 분비하지.

접형골에 한 마리 나비가 살고 있어,

두개골의 중심이 되지.

골반이 틀어지면 접형골이 비뚤어지고,

갑상선에서도 스트레스 호르몬이 분비되고
접형골의 시상하부와 뇌하수체에도 문제가 생겨.

나비처럼 비상하고 싶다면
삶의 어느 곳에 틀어진 문제는 없는지,
어긋난 관계는 없는지를 점검해보렴.

그리고 아름다운 기호를 삶에 되새기렴.

네모, 세모,
동그라미,
더하기, 곱하기,
빼기, 나누기

너에게 들려주는
다섯 번째 이야기

엄마의 꿈

엄마의
고백
처음 살아본 인생

어른들은 뭐든 다 잘할 것 같고, 정답을 아는 능력자 같지?

하지만 엄마에게도 인생은 처음 걸어본 길인걸.

처음 어른이 되어봤고, 처음 엄마가 되었고.

엄마 역시 삶의 전문가는 아니란다.

앞서 간 어른들이 가라고 했던 길만 걸어와서야 뒤돌아보니,

이 길이 내 길이 아니었다는 사실을 깨달았을 때 눈앞이 캄캄했어.

왜 새 길을 내지 못했을까?

왜 내 길을 걸어갈 생각을 못 했을까?

새 길을 내는 것이 얼마나 위험한 줄 아느냐고 반대하는 사람일수록

자기만의 길, 인생

단 한 번도 자기만의 길을 걸어본 적이 없다는 걸 알게 되었어.

나이를 먹을수록

삶의 속도는 더 빨라져 앞뒤를 살필 겨를이 없게 되지.

하지만 엄마는 이제 용기를 내려고 해.

강요당한 길이 아니라, 다들 가기 때문에 가는 길이 아니라,

엄마 자신에게로 시선을 돌려,

엄마가 진정으로 가고 싶은 길을 걸어볼까 해.

고요하게
주파수를 낮추고
내 안의 이야기에 귀를 기울여

어느 날 문득 이런 노래를 흥얼거렸어.

"내 속엔 내가 너무도 많아 당신의 쉴 곳 없네.
내 속에 헛된 바램들로 당신의 편할 곳 없네.
내 속엔 내가 어쩔 수 없는 어둠 당신의 쉴 자리를 뺏고
내 속엔 내가 이길 수 없는 슬픔 무성한 가시나무 숲 같네."

엄마의 내면에 많은 이야기가 설켜 있었는데
엄마는 그걸 알아채지 못했어.
바깥 이야기에 신경 쓰느라

내 안에서 풀지 못한 이야기들에 귀를 기울이지 못했지.

그제야 지금껏 엄마 자신을

엉뚱한 곳에서 소모해버렸다는 생각이 들었어.

엄마는 '진정한 나'로서 존재할 수 있도록

내면의 이야기에 귀를 기울이는 시간을 가지려고 해.

아픈 것들, 얽힌 것들, 굳어버린 것들을 쓰다듬고 풀고 녹이면서

엄마만의 이야기를 써내려갈까 해.

삶이 건넨 '지금'이라는 선물을 그러안고,

어린아이가 그림일기를 쓰듯이.

가만히
내 안의
이야기에
귀를
기울여봐.

어린아이처럼
순간을
까르르 만끽하기

당연한 사실이지만, 너는 생각조차 하지 못하는 사실이 있지.

엄마에게도, 엄마가 있었고 아빠가 있었다는 것 말이야.

엄마는 그분들께 언제나 어린아이일 테지.

그래서 엄마는 하늘을 바라보며 이렇게 물었어.

"엄마 아빠, 나는 잘 살고 있을까요?

잘 산다는 건 결국 잘 죽는다는 것일 텐데,

나는 진정 후회 없이 가볍게 눈을 감을 수 있을까요?"

엄마는 이제,

작은 것에 감사하며 적은 것을 누리는 삶을 살고 싶어.

무릎에 놓인 햇살과 놀고,

우주라는 이불을 덮고 눈동자에 별을 담고,

곳곳을 기대에 찬 눈으로 바라보는

어린아이 같은 내가 되고 싶어.

무게 따위 없이 삶의 모든 것에

까르르 웃을 줄 알고,

가볍게 퐁 뛰어오르는

어린아이 같은 마음을 갖고 싶어.

나의 숨결로
호흡하기

느리게, 깊게

세상은 가쁜 숨을 몰아쉬며 내달리지.

그건 말이야, 지하철 환승 구간에서 뜀박질하는 모습과 같아.

한 사람이 달리기 시작하면 다른 사람들도 덩달아 내달리지.

숨도 제대로 못 쉬는 삶이란 산 것일까, 죽은 것일까?

역시, 그렇게 내달려왔던 엄마는 문득

조용히 엄마의 숨결을 느껴봤단다.

사람마다 생김새도 다르고 지문이 다르듯이

숨결 또한 다르다는 걸 알고 있니?

우주도, 동물도, 식물도 낮은 주파수로 숨을 쉰단다.

마찬가지로, 느리고도 깊게 숨을 쉬면 자신에게 집중할 수 있어.

"아, 나에게 삶이 있었지."

놓쳐버린 그 사실에 도달하는 순간,

엄마는 삶을 보듬을 수 있게 되었어.

어떻게 슬퍼하지 않고
살 수 있을까

사라지기 전에 피어나라

차가운 기계와 마주하는 일이 빈번해서

웃는 법을 잃어버린 사람들.

아등바등 일상을 견뎌내느라

쉬는 법을 잃어버린 사람들.

제 한 몸조차 가눌 길이 없어

안는 법을 잃어버린 사람들.

나이만 먹고 주름은 깊었지만

사는 법을 잃어버린 사람들.

우리는 어떻게 슬퍼하지 않을 수 있을까?

가지려 할수록 잃어버린 것이 더 많았다는 사실을 깨달았을 때
우리는 어떻게 울지 않을 수 있을까?

가슴을 치고 함께 슬퍼할 때 비로소 환하게 웃을 수 있다는 것을,
환한 웃음만으로도 삶에 꽃이 활짝 피어난다는 것을 알게 되어서,
엄마는 얼마나 다행인지 몰라.

자신에게
'봄비'로 내려봐.

고독하되
외롭지는 않은
따뜻한 의식

한겨울 소나무는

넓은 이파리를 돌돌 말아 뾰족하게 벼린 것 같아.

마치 고요한 추위 속에서 기도하는 것 같아.

봄날 고개를 쏙 내밀 새싹에 대해 기도를 하듯,

언 땅을 녹일 햇살과, 춘궁기에 대지를 적실 비에 대해 기도를 하듯.

육십 년 인생을 집이라고 했을 때

엄마는 집 밖을 맴돌기만 해서, 내부가 어떻게 생겼는지 몰랐단다.

육십 년 만에 그 집에 들어서는 데에는 엄청난 용기가 필요했어.

어디가 고장 나고

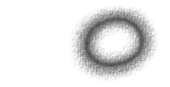

무엇을 버려야 하는지 등이 여실히 드러나는 순간이었거든.

처음에는 힘들고 어렵지만
그건 꼭 해야 하고, 앞으로도 쭉 해야 하는 일이었어.
내 안으로 깊숙이 들어갈 때
내가 기도해야 할 대상들을 떠올리며 손을 내밀 수 있으니까.
그래서 그 일은 고독하지만 외롭지는 않은, 따듯한 의식이란다.

한껏, 힘껏,
실컷
공부할 거야

죽음을 향해 살아가는 생물 중에서
깨달음을 위해 공부하는 유일한 존재는 사람이야.
공부하지 않고는 인생을 알 수 없고,
자기 자신도 알 수 없지.

공부할 수 있는 환경이 얼마나 좋은지 몰라.
스마트폰으로도
세포처럼 작은 세계에 몰입할 수 있고
우주처럼 거대한 세계를 누빌 수 있으니까.

진짜 공부를 할 수 있게 된 지금
엄마는 한껏, 힘껏, 실컷 공부할 거야.

"그렇게 공부해서 뭘 하실 건데요?"라고 묻는다면,
이렇게 대답해줄게.

불완전한 생명을 이해하기 위해
공부하고,
불완전한 생명을 사랑하기 위해
공부할 거야.
그래서 엄마의 공부 종착역은 동그라미야.
두루두루 보듬고 나눌 수 있는 모양의 동그라미.

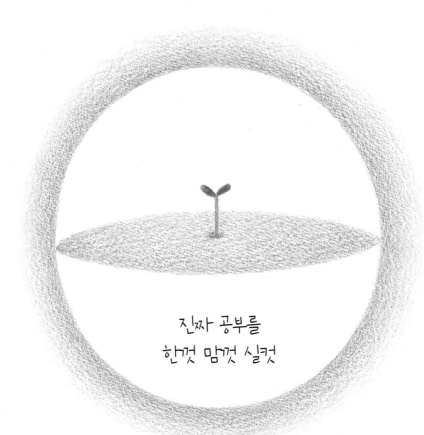

진짜 공부를
한껏 맘껏 실컷

고치를
뚫으면
날개를 펼칠 수 있어

사랑을 잃고 외로울 때

절망 속에서도 배가 고플 때

다들 저만치 앞서 가는데 나만 뒤처질 때

수군거리는 시선이 두려워 도망치고 싶을 때

미래가 보이지 않아 참담할 때

그 순간이 어두운 고치 속에 있을 때야.

나비가 되기 전 가장 힘겨운 순간.

엄마는 고치를 뚫고 나오는
용기를 내려고 해.
그래야 날아오를 수 있으니까.

윤기 있게
풀기 있게
시선과 마음을 낮춰

엄마는 '낮아지기 위해' 몸과 마음을 잘 가꾸고 싶어.

사랑을 나누고 진정으로 존경받고 싶다면

낮아져야 한다는 걸 깨달았어.

다른 사람의 잘못을 섣불리 바로잡으려 하지 않을 거야.

이게 답이라고 강요하지 않을 거야.

질문해올 때까지 느긋하게 기다려줄 거야

시선을 낮추고
마음을 낮춰서
이렇게 말해줄게.

괜찮아.
수고했어.
참 잘했어.

그래야 늙어서도 빳빳하게 허리를 펴고 힘차게 걸을 수 있을 거야.

바닷속에서도
바람은 불지
너의 24시간을 응원할게

너희는 인터넷을 잘 못 하는 어른들이 어린애 같지?

그런데 말이야, 인생은 화면 속에서 벌어지는 가상 세계가 아니야.

까마득해 보이고 힘겨웠던 현실을 살아낸 어른들은

오랜 세월 많은 비판을 받고도 건재한 고전문학 같아.

주름살은 삶의 풍파를 이겨낸 흔적이란다.

어른들에게는 분명, 배울 것이 있어.

바닷속에서 부는 바람은 지구 자전에 영향을 미쳐서

하루가 24시간이 되도록 한단다.

엄마는, 어른들은

바닷속 바람처럼 차분하게 걸으며

너희의 24시간을 보조하고 응원할 거야.

고맙습니다
나를 키워준 현실

배를 곯지 않고는 쌀 한 톨의 가치를 알 수 없지.

삭풍에 몸을 떨지 않고는 지붕의 의미를 모르고.

갈등으로 속이 타봐야 화해가 얼마나 꿀맛인지를 알아.

미움으로 바닥을 쳤을 때 사랑을 받아들일 수 있단다.

그리고 엄마는

모든 것을 잃어버렸다고 생각했을 때,

내게 '몸'이 있다는 사실을 깨달았어.

내 몸이 살아 숨 쉬고 있구나!

그건 잘못된 현실을 바로잡을 기회가 있다는 뜻이었어.

살아 있는 이 몸으로 두 팔을 걷어붙이고

잘못을 닦아 새 길을 열어갈 수 있으니,

이 얼마나 고마운 인생이야.

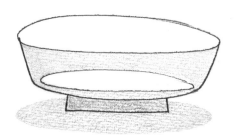

내려놓고 비우니 커지는 기적

작은 동그라미로
새긴 마침표
내 생의 고별인사

사람이라는 이유, 그 하나만으로
생글생글 웃어줄게요.
등을 토닥이며 안아줄게요.

언젠가 이 삶을 다하는 그 날
찍고 싶은 동그란 마침표.

나를, 너를, 우리를

사랑합니다.

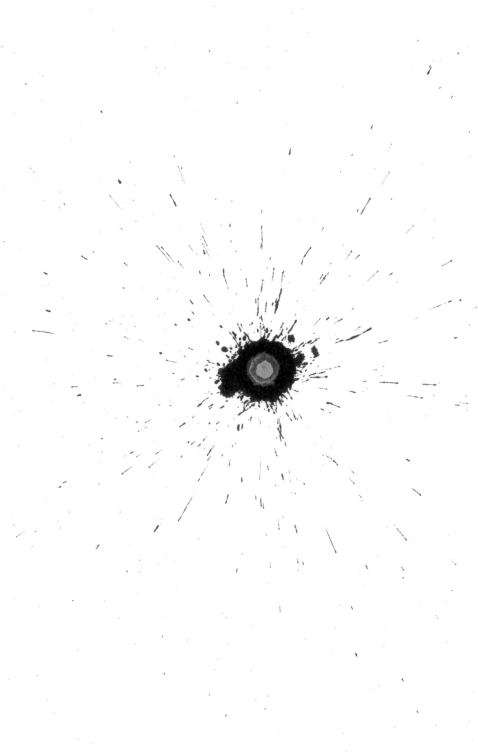

나비, 허물을 벗고
날아오르네

 엄마의 사색을 결산한 책이 세 권 있단다.

1. 『나는 별이다』 ○ ○ ○, 엄도경 지음
2. 『21세기형 인성리더십 강강수월래』 엄도경, ○ ○ ○ 지음
3. 『미안해, 엄마 아빠도 몰랐어』 엄도경 지음

'엄도경'이라는 이름의 위치가 조금씩 달라진 걸 눈치챘니?

첫 책에서 엄마의 이름은 뒤로 몸을 빼고 있어. 열네 편의 시를 실었을 뿐인 한 시인의 이름을 앞에 두었지. 두 번째 책에서 엄마 이름은 앞에 있지만, 십여 장의 워크시트만을 제공한 분의 이름도 함께 실었어. 그리고 마침내, 세 번째 책에 이르러서야 엄마는 홀로 섰단다.

홀로 이름을 쓰기까지, 엄마의 삶에는 많은 좌절과 절망이 있었어.

넘어져서 무릎이 까이고 또 넘어져서 뼈가 부러지는 듯한 좌절 속에는

사람을 키우는 힘이 있더구나.

엄마로 하여금 허물에서 벗어나 세상을 향해 나아가도록 했거든.

그 허물에서 벗어나기까지 '기다림'이라는 시간이 필요했어.

허물이 있기에 벗을 것이 있고,

허물을 벗는 힘으로 가볍게 날아오를 수 있단다.

생각을 바꾸고 삶을 선회하기까지 우여곡절이 많았지만,

그로써 맺은 이 책이 한 마리 나비처럼 네 손에 가닿길

엄마는 간절히 소망해.

'나는 별이다'와
'강강수월래' 그리고 '2062'

요즘 들어 가장 자주 듣는 말은 '인성'과 '창조'이다.

인성의 쓰임새 대부분이 인성이 무너져서 사람이 사람을 믿지 못하는 세태를 개탄하는 것이라면, 창조의 쓰임새에는 새로운 성장 동력을 얻어 경제를 진작시키려는 염원이 배어 있다. 사실 참된 인성에는 창조의 힘이 이미 담겨 있으므로, 인성 하나만 제대로 펼쳐진다면 이 시대의 문제는 많이 풀릴 것이다.

인성의 정의에 대해서는 인류의 스승들이 수 천 년에 걸쳐 설파하신 바를 따를 뿐이지만, 「나는 별이다」는 인성의 의미를 줄기찬 '상향 의지'에서 찾으며 그러한 근거는 '직립한 몸'에서 유래하는데, 특별히 「일」을 통해 펼쳐진다고 주장한다. 인류의 탄생이 이루어지기까지 수십억 년 동안 우주와 대자연의 준비가 있었듯이, '나' 하나와 '개인'의 의미는 숱한 역경과 고난 속에서도 함께 어울려서 해결책을 창조하며, 꼿꼿하게 「직립」한 증거로서의 존재이기 때문이다.

모든 사람은 각기 하나의 '별'이다.

모래 한 알에도 우주가 들어 있다고 하듯이 사람에게는 삼라만상의 속성이 축약되어 있는 데다, 신성(神性)을 지닌 절대자의 대리인처럼 문명을 일으키고 세상 공간까지 재구성한다. 더할 나위 없는

역량으로 풍요의 시대를 일군 생명체는 오직 인간뿐이다. 그러나 산이 높으면 골이 깊듯 성장의 부작용 탓으로 사람들의 신음이 높아지고, 사회는 깊은 우울로 접어들고 있다. 인간이 같은 인간을 무릎 꿇리는 세태는 창조력을 지닌 인재의 '직립'을 방해하는 일이어서, 천명(天命)을 거스르는 일과 똑같으니 어떻게 사회인들 아프지 않을 수 있으랴.

저마다의 우리는 '강강수월래(强羌水越來)'의 후손이다.

대한민국은 단 일백 년 만에 가장 가난한 나라에서 선진국으로 올라선 나라이다. 역경을 전화위복의 기회로 삼아 우뚝 직립한 국가는 우리나라뿐인데, 그 바탕에는 임진왜란에서 나라를 구한 '강강수월래' 정신이 자리 잡고 있다. 이순신 장군을 돕던 장군그룹부터 노인과 어린아이까지 손에 손을 잡고 서로를 일으켜 세워주었던 끈끈한 공동체 의식이, 가장 한국적인 특유의 인성이다. 까닭에 소비시대의 한가운데에서 점차 소멸하는 '강강수월래'의 전통을 후손에게 물려주지 못한다면, 인간의 도리(道理)를 다하지 못한 것과 같으리라.

상향의지를 잊으면 '별'은 빛을 잃는다.

우리 민족은 방향만 정해지면 반드시 목적을 이루고 마는 끈질긴 인성을 가진 존재들이다. 물질적 성공이란 꿈을 이룬 우리가 분열하는 이유는 더 이상의 꿈을 찾지 못해 길을 잃은 탓이다. 그러므로 물질만 추구하던 삶의 방식에서 방향의 개념을 재정립하여 상위목표를 찾아야 한다. 배추흰나비의 애벌레가 배추 잎을 먹고 성장할 때 나비는 꽃 꿀을 먹고 사는 것처럼, 인간의 행복은 성장과 성숙의 차원을 옮겨가며 채움과 비움을 실천하는 높은 의식 속에서만 허락된다. 연둣빛 아이들과 청년들에게 신록을 허락하지 않고서야 어찌 단풍인들 곱게 물들 수 있겠는가.

누구에게나 손톱만큼의 '책임'이 있다.

지금 세상을 암흑시대라 하는 것은 서로의 빛을 받아야만 반짝이는 별들이 빛을 가두고 숨기는 야박함 때문으로, 치열한 경쟁사회가 만들어낸 부작용이다. '모로 가도 서울만 가면 된다'는 속담처럼 우리는 수단과 방법을 가리지 않고 이겨야 한다는 집단의식에 갇혀 있었다. 그 덕분에 빠르게 압축 성장을 이루었지만, 그 탓으로 불안과 불신이 가득한 사회가 만들어졌다. 그러므로 우리 중 그 누구도 세상을 혼탁하게 만든 '책임'에서 자유로울 수 없듯이, 다시금 사회를 맑게 만들어야 할 '의무'에서 벗어날 수 있는 사람도 없다.

인성과 수성(獸性)은 '일가(一家)'에 대한 개념이 다르다.

인간이 짐승과 갈라진 이유는 '일'과 '직업'을 통해 일가의 경지를 이룩하여 사회공동체의 삶을 빛나게 해주어서이다. 특히 한국인이 황폐한 후진국을 벗어나 선진국으로서의 국격(國格)을 갖추게 된 까닭은 낮은 곳에서 저 높은 곳을 향하는 상향의지가, 하는 '일'마다에 열정적으로 비상(飛上)의 날개를 달아서이다. 하지만 숫자상으로는 선진국에 진입하였을망정 양극화와 계층화가 극심해지는 것은, 직업을 지렛대 삼아 제 일가만 챙기려는 집단이기주의가 분열을 부추겨서이다. 그러므로 직업관에서 고용(雇傭)의 비전이 한낱 품팔이꾼을 벗어나 사회의 고문으로 추대될 고용(顧傭)의 리더십으로 바뀌지 않는다면 밝은 미래는 기대할 수가 없다.

1862 → 1962 → 2062, '역사'는 이어진다.

그러나 우리가 누구인가! 우리는 상위목표가 정해지면 불화를 씻고 하나로 뭉쳐 외세의 위협을 물리치고 마는 근성과 저력의 민족이 아니던가! 한 사회가 바람직한 방향으로 나아가기 위해서는 적어도 이, 삼백 년의 시야를 갖고 적절하게 목표를 업그레이드하면서, 공진화의 맥을 놓치지 말아야 한다. 그런 의미에서 1862년과 1962년의 맥락은 현재와 이어지고 있듯이, 지금 우리는 2062년을 어떻게 맞이할 것인지 깊이 생각해야만 한다.

1862년 진주에서는 구체제를 개혁하지 못한 탐관오리들의 부정부패와 농민의 몰락에 저항한 백성의 항쟁이 일어났다. 이 봉기는 경상, 전라, 충청지역으로 번져나갔으며 구체적으로 자기들의 요구를 관철하려고 노력하였지만, 중세적인 통치체제를 새롭게 디자인할 수는 없었다. 그리고 백 년 후인 1962년에는 가난한 나라가 '경제 근대화'를 목표로 경제개발 5개년계획의 첫 삽을 폈다. 그로부터 50년이 지난 2012년 마침내 그 목표를 이루었으니 일차적 성공이고, 절반의 성공이다.

지식정보혁명은 책임을 '시민'에게 넘긴다.

우리가 사는 이 시점에 지식정보사회가 도래한 것은 무슨 의미일까? 한 사람의 힘은 여전히 미약하지만, 시민의 손에 CCTV의 '현장'

과 SNS의 '전파'의 힘이 쥐어진 것이 우연한 일일까? 그것은 시대상을 바람직하게 재구성할 수 있는 권력이 시민에게도 주어졌다는 것으로, 1892년의 염원을 마침내 이루어보라는 대자연의 요구일 것이다. 1962년에 시작된 물질적 성공을 제대로 완성하려면 물질에만 치우친 정신의 도구화를 막아, 인성으로써 다음의 50년을 준비하여야 한다는 의미임이 분명하다.

엄밀히 말하면 우리는 곱하기의 도약대에서 천 년의 습관을 버리라는 새로운 요구에 직면하고 있다. 까닭에 지금은 지식이 부족한 시대라기보다 우장춘 박사나 유일한 박사와 같은 시범적인 사례가 필요한 시대이다. 뺄셈으로써 몸을 가벼이 하고 나눔으로써 함께 날아오르는 일은 가히 의식의 혁명을 이루는 일이다. '나' 한 사람이 용기를 내어 날개를 펼친다면 어느새 허공에도 반짝반짝 큰 길이 날 것이다. 그러므로 설령 사람에게 상처받고 체제에 실망하였다 해도 포기하지 않고 사람 덩어리를 끌어안는 일을 멈추지 말아야 한다. 사람을 귀중하게 여기는 조직문화의 꽃이 만개할 2062년의 후손을 위해 오늘도 '강강수월래'는 쉬지 않는다.

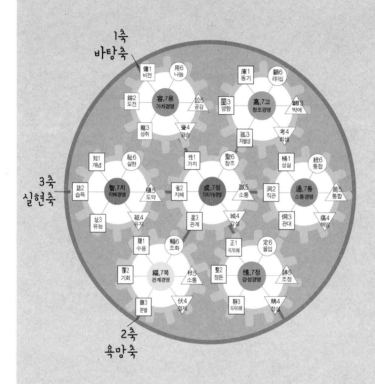

21세기형 인성리더십
강강수월래 수레바퀴모형

21세기형 인성리더십
강강수월래 크로스모형

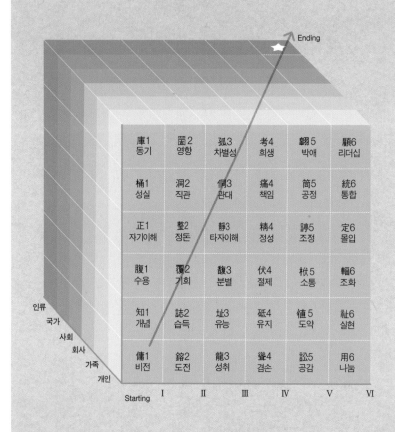

21세기형 인성리더십
강강수월래 주사위모형